語りつがれた「平家物語」

「平家物語」の誕生

「平家物語」は、鎌倉時代のはじめにうまれた、戦いの話をしるした物語。原作者については、わかっていない。琵琶法師とよばれる、目の見えない僧が、琵琶という楽器をひきながら、物語を語った。このひき語りによって、世の中の人々に広くつたわる。

つたわるとちゅうで、巻数や文章のちがう百二十種類の本が生まれた。なかでも有名なのが、「覚一本」といわれるものだ。

物語の魅力

物語では、平安時代から鎌倉時代にかけての、約七十年間のでき事がえがかれている。

さかえ、武士として頂点をきわめた平家が、源氏との戦いにやぶれ、ほろびていくすがたが書かれている。それと同時に、「おうぎのまと」や「敦盛」など、命をかけて戦いにのぞんだ人々の、勇ましさやいさぎよさ、悲しみなどの気持ちが表されており、ながく人々に読みつがれてきた。

「平家物語」覚一本

龍谷大学図書館所蔵

もくじ

※この本では、「平家物語」を中心に、ほか「保元物語」「平治物語」「義経記」を参考にしています。
小学生が楽しめるように、現代語表記にし、一部の表現や文章をわかりやすく言いかえたり、省いたりしてい
挿絵については、原作をふまえながら、親しみやすく表現しています。
登場人物の名前の表記や軍旗の数など、複数の説がある場合、ほかの書籍と異なることがあります。

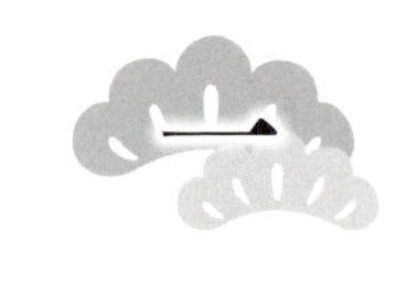

一 はじめに

おしゃかさまがいた*1祇園寺にある、鐘の音は、むなしくひびく。この世のすべての物事は、いつかかならず、かわってしまう、とでもいうように。

おしゃか様が亡くなったとき、*2沙羅の黄色の花が、真っ白になった。それは、どんなにいきおいのある者にも、かならずおとろえるときが来ることを、表している。

いさましく強い者も、しまいには、ほろびてしまう。まるで、風にふきとばされる、ほこりのように力なく。

＊1祇園寺…昔、インドにあった、おしゃかさまのために建てられた寺院。
＊2沙羅…娑羅双樹の木。ナツツバキともよばれる。フタバガキ科のインド原産の木。葉は大きなたまご形で、うすい黄色の花がさく。

「平家でなければ、人とはいえない。」
――こんなおごった＊3言葉を口にするほど、さかえた平家一族ですら……。
＊3おごる…お金や力にたよって、いばること。

二 源氏と平家

八百年以上前の、平安時代。政治は、天皇や貴族*1を中心に、京の都でおこなわれていた。同時に、貴族とはべつに、武士が力をたくわえていた。

なかでも、一、二をあらそう勢力を持っていたのが、源氏と平家だった。源氏一族は東国*2を、平家一族は都のまわりの西の国々*3を支配していた。

「いまわしい平家め！」*4

「源氏など、いなくてもよい、いなか者だ！」

*1貴族…身分や家がらが高く、とくべつな権力をあたえられている階級の人。
*2東国…ここでは、関東地方あたりのこと。*3西の国々…平家がおさめていたのは、京都を中心にした一帯や、四国や中国、九州の国々の一部。

かれらは、機会があれば、相手をほろぼそうとしていた。
そんななか、一一五六年、後白河天皇と崇徳上皇[*5]との間で、権力[*6]あらそいが起きた。たがいに武士の力をかりて、戦い（保元の乱）となった。勝ったのは、平清盛や源義朝など、強力な武士を味方につけた、後白河天皇だった。
その後、後白河天皇は二条天皇に位をゆずり、天皇に代わって上皇として政治をおこなった。しかし、二条天皇も、政治の権力をにぎろうと、はりあってくるのだった。
そして、一一五九年、貴族の藤原信頼が、権力のトップの座につこうとして、兵をあげて反乱を起こした。ライバルになる貴族はころされ、後白河上皇と二条天皇は、信頼のもとで、見はられる身に

＊4いまわしい…にくむべきである。きらいである。＊5上皇…天皇が位をゆずってから後、うやまってよばれるよび名。＊6権力…ほかの人を、思いどおりにしたがわせる力。

なった。

このとき、平清盛は、上皇と天皇をうまくすくいだし、三千騎*あまりの兵をあげた。一方、藤原信頼には、源義朝が味方をした。しかし、その軍は、わずかに五百騎。

保元の乱で、ともに戦った清盛と義朝が、今は敵と味方に分かれて、命を取りあう。合戦は、清盛軍の大勝利に終わった。

藤原信頼は、とらえられて死刑になった。源義朝は、東国へにげようとするとちゅうで、ころされた。

義朝の子、頼朝もつかまった。清盛は、

「わしがころした義朝の、子どもだ。生かしておくわけにはいかん。後々、親のかたき討ちを、しようとするかもしれんからな。」

といい、頼朝をころそうとした。しかし、
「父上、お待ちください！　この子は、まだ十三歳。なにもころす
ことはないでしょう。」

＊騎…馬に乗った人の数え方。

と、清盛の長男、重盛が強く反対した。

そのため、頼朝はころされずにすみ、[*1]伊豆の国へ[*2]流罪となった。

この戦い(平治の乱)で、すぐれた貴族たちが、この世をさり、源氏一族は、頭の源義朝をうしなった。

これで、平家にとってじゃまな者は、ほぼいなくなった。平家は武士としてはじめて、政治の権力をにぎろうとしているのだった。

しかし、おとろえたとはいえ、源氏一族はほろんだわけではない。伊豆に頼朝が、さらに京都の寺には、その弟の義経も生きのこっている。

将来、この兄弟が、どんなに手ごわい敵に成長するのか、このとき、平家の人々は知るはずもなかった……。


*1伊豆…今の静岡県東部と、東京都の伊豆諸島あたり。 *2流罪…罪人を、遠くはなれた島や地方などに送る刑。

三　おごる平家

平清盛という人ほど、おごり高ぶった人は、ほかにはいない。人を人とも思わない、ものの考え方やおこないは、とんでもなく、言葉にも表せないほどだった。

だが、保元の乱と平治の乱で、天皇を助けた清盛は、とんとんびょうしに出世した。ついには、最高の位である*1太政大臣にまで、上りつめてしまったのだ。

清盛は、天皇から、武器をそなえた兵隊を持つことを、ゆるされた。*2牛車や*3人力車に乗ったまま、*4宮中に出入りすることも、ゆるされた。

*1太政大臣…当時の政治の最高機関をまとめる役職。　*2牛車…人が乗るための、牛に引かせた屋根のある乗り物。身分の高い人が乗った。　*3人力車…ここでは輦車という、人の手で引く車のこと。　*4宮中…天皇がいる所。

それは、政治をとりしきる、かなり位の高い、貴族のようなあつかいで、もはや天下は、清盛の思いのままだった。

清盛の出世にともなって、平家一族もさかえた。

子や孫は、次々に高い位につき、一族で、日本にある国の半分以上をおさめた。しだいに、一族のだれが、どの位について、だれが、どの国をおさめるのかは、平家の思いどおりになっていった。

ある平家の者は、

「平家一族でない者は、人ではない！」

とまで、いいはなったぐらいに、平家のいきおいは、すさまじかった。

さらに、清盛の八人のむすめは、みんな位の高い人と結婚した。

なかでも、建礼門院徳子は、高倉天皇のきさき*となった。

もう、どんな貴族も英雄も、かたをならべることはできない。

人々は平清盛にしたがい、そのおこないに文句をいう者はいなかった。しかし、それは、清盛がみんなから尊敬されていたからではない。

清盛は、十四歳から十六歳の少年を、三百人もそろえて、都を見回りさせていたのだ。

*きさき…王や天皇の妻のこと。

かれらは、*1おかっぱ頭に赤い*2直垂という、目立つかっこうで、町中を歩きまわった。

「平家のうわさをしているやつは、どこだ。」

「そいつを、見つけだせ！」

だれかが、清盛や平家の悪口をいうのを聞くと、すぐに仲間にれんらくするのだ。そして、大勢でその家におしいって、財産を取りあげ、その者をしばって、清盛のもとにつれていった。

だから、平家の、勝手なふるまいを目にして、心ではにくんでいても、だれも口に出して、いう者はいなかった。

「おかっぱがいるぞ！」

そう聞くと、道行く人々はおそれ、よけて通った。

清盛がこんなことをするのには、わけがあった。一人の悪口でも見すごせば、二人、三人と集まって、自分をころす相談をするのではないか、とおそれていたのだ。

なかでも、清盛がもっとも用心していたのは、後白河法皇だった。法皇とは、位をしりぞいて僧になった、元天皇のことだ。しかし、僧になっても、後白河法皇は、政治の世界から、身を引いたわけではなかった。

わかい天皇に代わって、政治をおこない、権力のトップの座に、いすわりつづけていた。そして、保元・平治の乱のときには、清盛に助けられたのに、今は、自分の地位をおびやかす者として、清盛をじゃまに思っているのだった。

＊1おかっぱ…前髪を、短く切ってひたいにたらし、後ろを首すじのあたりで、切りそろえる髪型。　＊2直垂…おもに武家社会で用いられた男性用の上着。

一一七二年、＊1左大将の地位があいた。この地位につきたい者は、何人もいて、＊2大納言藤原成親も、その一人だった。

しかし、すべては平家の思いのまま。

けっきょく、大納言・＊3右大将だった清盛の長男重盛が、左大将にうつり、＊4中納言だった三男宗盛が、成親のような、位の高い貴族数人をとびこして、右大将に任命された。

あまりにもすき勝手な、この平家のやり方には、もちろん、みんなが不満だった。

なかでも成親は、

「自分より位の高い方々に、先をこされるならともかく、位の低い、平家の三男にこされるのは、がまんならない。

＊1左大将…このときの国の法律で決められた役職の、左近衛府の長官。＊2大納言…役職の一つで、大臣につぐ地位。＊3右大将…右近衛府の最高の地位。＊4中納言…大納言につぐ地位。

　こんなことも、平家の思うままになっているから、起こるのだ。なんとしても、平家をほろぼし、自分ののぞみをとげてやる！」

と、いかりをぶちまけた。

やがて成親は、武器をそろえ、兵を集め、平家をほろぼす戦いのじゅんびをはじめたのだった。

京都東山のふもとの＊5鹿ヶ谷。ここにある山荘で、成親をはじめ、俊寛、西光、平康頼ら、平家をほろぼそうとする者たちが集まっては、そのための相談をしていた。

＊5鹿ヶ谷…今の京都市左京区の、山のふもとの地域。

あるときそこに、後白河法皇も、静憲という僧をつれて、やってきた。その夜、*1宴会が開かれた。法皇は、平家をほろぼすたくらみについて、どう思うか、静憲にたずねた。

すると静憲は、

「ああ、なんということをおっしゃいます。心をゆるした方々の前であろうと、ご用心ください。そのような話を人に聞かれたら、いずれ世間にもれて、天下の一大事になるでしょう。」

と、たいへんあわて、さわいだ。

このとき、成親が席を立った。そのひょうしに、前にあった「へいじ」*2とよばれるとっくりが、着物のそでに引っかかってたおれた。

それに目をとめた法皇が、

「今のは、どういうことだ。」

とたずねると、成親は、

「へいじ（平氏）がたおれました」とこたえる。

法皇は、きげんよくわらって、こういった。

「ほう、へいじ（平氏）がたおれたか。それ、みなの者も、しゃれ[*3]をいえ。」

それにこたえて平康頼が、

「あんまりへいじ（平氏）が多いので、悪よいしてしまいました。」

という。すると、俊寛が、

「では、そのへいじ（平氏）を、どういたしましょう。」

と、みんなに問いかけた。

＊1宴会…いっしょに食べたり、飲んだりする集まり。＊2とっくり…おもに、酒を注ぐために使われるうつわ。＊3しゃれ…同じ音や言い方を使って、人をわらわす文句のこと。ここでは、へいじを平氏に見たて、平氏の悪口をいっている。

これにこたえて、西光が、とんでもないことをいった。

「首を取るのが、いちばんいい。」

そして、へいじの、首の所をつまんで持って、おくへかたづけてしまった。

あまりにもおそろしいやりとりに、静憲は、何もいえない。

平家をほろぼそうと考えるおもな者は、藤原成親、平康頼、源行綱、俊寛、西光ら数人。ほかに、法皇に仕える武士たちが、大勢くわわっていた。

四　りっぱな大臣、平重盛

藤原成親のたくらみは、おこなわれないまま、六年がすぎた。その間も、平家はさかえ、おとろえる気配は、なかった。すると、たくらんでいた者の一人、源行綱は、心配になってきた。

（今の平家のいきおいでは、ほろぼすなんて、とうてい無理だ。つまらないたくらみに、くわわってしまったものだ。もし、平家にこのことがばれたら、きっところされる。

どうしよう、どうしよう。そうだ。清盛にあらいざらい話してしまおう。そうすれば、自分だけは助かるかもしれない。）

行綱は、清盛のもとをたずねて、こういった。

「ここ数年、成親どのが、武器をそろえ、兵を集めております。平家ご一門をほろぼそうと、たくらんでいるそうでございますよ。」

「なんだと!」

ついに、そのときが来たのかと、清盛はひどくおどろいた。さらに行綱から、くわしい話を聞くと、清盛の顔は、いかりで、みるみる真っ赤になった。

「ゆるさん! たくらみにくわわった者どもは、一人のこらず引っとらえて、ひどい目にあわせてやる! それにしても、法皇に近い仲間ばかりではないか。法皇も、このことを知っているのか。」

「もちろんでございます。法皇のご命令とも、いわれております。」

行綱は、にげるようにして、帰っていった。

よく日、清盛はさっそく、*1検非違使に、成親たちをとらえるように命じた。たちまち全員がつかまり、きびしい罰がくだされた。

藤原成親は、*2備前の国に流された。平康頼と俊寛は、*3薩摩の国の南にうかぶ、*4鬼界ケ島に流された。そして、つかまったあとも平家の悪口をいった西光は、*5無残にきりころされてしまった。

それでも、清盛のいかりは、おさまらなかった。

（おそろしいたくらみを知っていながら、わたしにだまっていた法皇も、同じくらい悪いのではないか。）

そういう考えが、頭からはなれなかったのだ。

とうとうある日、清盛は、よろいを身につけると、そばに仕える

＊1検非違使…当時、犯罪取りしまりや、裁判などをあつかった職、または、その職についた人のこと。＊2備前の国…今の岡山県。＊3薩摩…今の鹿児島県。＊4鬼界ケ島…罪人が送られた、はなれ小島。＊5無残…ざんこくなこと。いたましいこと。

武士をよびつけて、こういった。

「法皇は、保元の乱、平治の乱で、お命をすくった平家への恩*1もわすれ、機会さえあれば、平家をほろぼそうとするつもりだ。こうなったら、法皇を、力ずくで都からはなすしかない。

　戦いのじゅんびをするよう、みなの者にいえ！　法皇の御所*2にせめ入るぞ！」

　これをつたえ聞いた、長男の重盛は、すぐさま清盛の屋しきにかけつけた。清盛の屋しきには、よろいを身につけ、武器をたずさえた武士たちが、列をなしている。

「父上、何事ですか。」

「なあに、法皇を都から鳥羽*3へ、おうつししようと思うのだ。」

するとしげ盛は、はらはらとなみだを流し、語りはじめた。

「生意気ですが、思うことをいいのこしたくないので、すべて申し上げます。父上は、太政大臣という最高の位につかれた。この重盛も、才能もない身で、大臣の位まで上りました。どちらも、法皇の恩ではありませんか。

その恩をわすれ、法皇を、らんぼうにあつかうなど、してはならないことです。

＊1恩…人から親切にしてもらったり、めんどうをみてもらったりしたこと。＊2御所…おもに天皇など、とくに位の高い人のすまい。＊3鳥羽…今の京都府京都市の南部の、南区と伏見区にあたる地域。

また、わたくしは、法皇のお気持ちもわかります。平家一門が、いい気になり、人を人とも思わないのは、ほめられたことではないからです。

しかし、法皇のたくらみは、もう明らかになりました。成親たちへの罰も、すみました。これ以上、何をおそれることが、ありましょう。

さて、事が起きたら、わたくしはどうすればよいのでしょう。法皇のお味方をしたら、父上と戦うことになります。それは、山よりも高い、父の恩を、わすれることです。父上の味方をしたら、法皇の恩をわすれることに……。

つまり、おねがいしたいのは、この重盛の首をはねてください、

ということです。そうすれば、わたくしは、どちらの味方にも、つけなくなります。

さあ、だれか武士に命じて、重盛の首をはねてください。」

最後には、ほほに大つぶのなみだを流して、重盛は清盛にうったえかけた。

これには、そのようすを見ていた人たちもみんな、なみだで、着物のそでをぬらさずにはいられなかった。

さすがの清盛も、ここまでいわれては、法皇をどうこう*することは、できなくなってしまった。重盛は、平家のなかでただ一人、心やさしく礼儀正しい、りっぱな大臣なのだった。

*どうこう…どうのこうの。あれこれ。

そして、一一七八年。

「無事ご出産！　皇子*1の
ご誕生です！」

高倉天皇に、男の子が生まれた。将来の天皇である。

高倉天皇は、後白河法皇の息子。皇后の建礼門院徳子は、清盛のむすめなので、生まれてきた子は、どちらにとっても孫

になる。このときばかりは、ふだんはうたがいあう二人も、ともによろこびを分かちあった。

一一七九年の五月、都に、ものすごいつむじ風[*2]がふきあれた。たくさんの家がたおれ、多くの人が亡くなった。これは、ただ事ではないと、役所では、さまざまなうらないが、おこなわれた。するとすべてのうらないの結果が、こうなった。

「今後、百日のうちに、大臣に用心すべきことあり。また、天下の大事[*3]あり。ともに、長くつづく、戦乱のきっかけなり。」

うらないのことを聞いた重盛は、紀伊[*4]の国の熊野神社に、おまいりをし、いのった。

*1皇子…天皇の息子。　*2つむじ風…うずをまいてふく、強い風。　*3大事…たいへんなことがら。　*4紀伊…今の和歌山県。

「父清盛の、悪いおこないを見ますと、父一代の*1栄華さえ、あやういと思われます。そこでおねがいです。

もし、平家が長くさかえつづけるなら、世の中を平和にするために、父の悪い心をあらためてください。もし、平家の*2繁栄が、父一代かぎりなら、わたくしの命をちぢめて、一族の*3没落を、見ずにすむようにしてください。父を*4改心させるか、わたくしの命をちぢめるか、二つに一つのおねがいです。」

うらないは的中し、重盛のねがいは、かなった。それは、悪いほうに……。

熊野もうでの数日後、重盛は重い病気になり、亡くなったのだ。

まだ四十三歳だった。

清盛がどんなにらんぼうなことをしても、そのたびに重盛がなだめて、あらためさせたので、世の中は、なんとか無事だったのだ。

「重盛さまがいなくなったら、この先、どんなことが起きてしまうのだろう。」

と、都の人々は心配しあった。

かわいいわが子を亡くした、清盛の悲しみは、はかりしれない。

しかも、重盛には、自分のあとつぎとして、期待していたのだから。

世間では、りっぱな大臣をうしなったことを悲しみ、平家では、すぐれた武将*5をうしなったことを、なげいた。

都の人々が心配したとおり、その後の清盛のおこないは、とんで

*1栄華…権力や財力を手にして、はなやかにさかえること。　*2繁栄…さかえて発てんすること。　*3没落…さかえていたものが、おとろえほろびること。　*4改心…自分がしてきたことが悪かったと気づいて、心を入れかえること。　*5武将…武士の大将。

もなくらんぼうになっていった。

清盛は、政治を取りしきる関白をはじめ、大臣など多数の役人を、一ぺんにやめさせ、都から追放した。

そしてついに、法皇を、都からうつすための行動を起こした。御所のまわりを、兵で取りかこんだのだ。

「火をつけられて、やきころされるぞ！」

御所に住む人たちはみんな、あわてて外に走りでた。

法皇もたいへんおどろき、外へ出たところ、そこへ清盛の三男、宗盛が牛車をよせてきた。

「早くお乗りください！」

と宗盛がいうが、うたぐりぶかい法皇は、すぐには乗らない。

「いったい何事だ！　わたしを、はるかかなたの島へでも、追いやろうとするのか！」

「いいえ、そうではありません。今、世間がさわがしいので、落ちつくまでの間、鳥羽の離宮*2にいていただこうと、父清盛が、申しているのです。」

宗盛の説明を聞いて、法皇は、やっと牛車に乗ったが、ずっとなげきつづけた。

＊1取りしきる…物事を自分で引きうけておこなう。
＊2離宮…皇居・王宮とは、べつにたてられた宮殿。

「長男の重盛がいれば、清盛をとめて、こんなことはさせなかったろうに……。だが、重盛は、もういない。きっと、将来も、何もよいことはないだろう。」

といい、なみだを流すのだった。法皇を乗せた牛車は、おともの者も少なく、京都の町をさびしく進んでいく。

「ああ、法皇さまが、都からおはなれになる……。」

このようすを目にした人々は、法皇をあわれみ、なみだを流して悲しみなげいた。

*臣下の身分である武士が、法皇をうつすとは……。うらないのいう「天下の大事」とは、このことを予言していたのだろうか。

*臣下…国をおさめる人（王や天皇など）に仕える者。家来。

五　富士川の戦い

一一八〇年二月、高倉天皇は、病気でもないのに、十八歳のわかさで退位した。

新しく天皇になったのは、なんと、まだ二歳にもなっていない皇太子だった。清盛が、自分の孫を、天皇の座につかせたのだった。

新しい安徳天皇の誕生を、だれよりもおもしろく思わなかったのは、後白河法皇の三男の以仁王だ。三十歳になるのに、弟や、おい*たちに先をこされ、いつまで待っても、自分には、天皇の位が回ってこないからだ。

*おい……自分の兄弟や姉妹の男の子ども。

そんな以仁王の所に、ある日、源氏の一族の、源頼政がたずねてきて、こういった。

「世の中のようすを見ると、したがっているように見えても、心の中ではみんな、平家をにくんでいます。あなたは、天皇になるべき、お方です。平家をほろぼして、新しい天皇になってください。もし、あなたが平家をほろぼせ、という命令を出されたら、よろこんでかけつける源氏たちは、大勢います。」

そして頼政は、多くの名前をあげた。そのなかには、木曽義仲、伊豆の国にいる頼朝、その弟で京都にいる、義経の名前もあった。

以仁王はまよったが、うらない師に
「天皇になるべき*1人相が、おありです。」

といわれ、決心をした。

使者に、平家をほろぼせという命令書を持たせ、東の国々の、源氏の所へ向かわせる。

ところが、この以仁王の反乱は、なぜか、あっという間に、平家に知られてしまったのだ。東国の源氏がかけつける前に、以仁王と頼政は、平家と戦うことになった。

清盛をきらう＊2三井寺の＊3僧兵が、以仁王の味方についたが、頼政の

＊1人相…人の顔かたち。顔つき。＊2三井寺…今の滋賀県大津市にある寺。＊3僧兵…武装して、いくさにもくわわった僧のこと。

一族と合わせても、軍勢は千騎。これに対して、平家の軍勢は二万八千騎。勝負は、はじまる前からついていた。以仁王は、戦いにまぎれてにげだしたが、平家に見つかり、ころされてしまった。

こうして、以仁王の反乱は、しっぱいに終わった。けれども、源氏一族は、勢力をもりかえしていた。伊豆の源頼朝が、以仁王の命令にこたえて、平家に対して反乱を起こした。伊豆の国をのがれ、兵を集めて、京に向かうじゅんびをした。

これを知った清盛は、

「頼朝のやつめ、死罪になるところを助けてやったのに。その恩をわすれ、平家にはむかうとは、なんてやつだ。頼朝の軍勢がふえないうちに、ころしてしまえ！」

といい、孫の維盛を*1大将軍にして、三万騎をそろえた。

維盛たちは、東国へ向けて出発して、*2駿河の国にたどりついた。とちゅうで、さらに兵を集めたので、七万騎にまでふえていた。*3先陣は、*4富士川に陣取った。

一方そのころ、頼朝も駿河の国に入り、富士川にせまっていた。このとき頼朝の軍勢は、二十万騎にもなっていた。

合戦を前にして、維盛は、東国のことにくわしい武士をよんで、たずねた。

＊1大将軍…軍をひきいてまとめる人。大将。＊2駿河…今の静岡県の中部・東部にあたる地域。＊3先陣…いくさのとき、いちばん前で戦いをする部隊。＊4富士川…富士山の西側を流れて、静岡県東部の駿河湾に注ぐ川。

「東国の武士とは、どういうものか。」

武士は、ふふとわらって、こうこたえた。

「東国の武士は、いくさになれば、親がころされようと、子がころされようと、その死体を乗りこえてでも、戦います。

西国のいくさでは、親がころされれば、いったんしりぞいて、葬式をしますが、東国では、一切そういうことはしないのです。

*1甲斐・*2信濃の源氏どもは、地理にくわしく、富士の*3すそ野から、後ろに回ってくるかもしれません。

とにかく、わたしは、この合戦で生きのこれるとは、思っていません。」

これを聞いた平家の兵士たちは、ふるえあがり、おののいた。

明日は、富士川で源氏といくさをすることに決まっている。ところが、夜になって、向こう岸にある、源氏の陣を見わたすと、対岸一面に、びっしりと火がたかれているのだ。

＊1甲斐…今の山梨県。 ＊2信濃…今の長野県。 ＊3すそ野…山のふもとが、ゆるやかに広がっている所。

「なんと、源氏のたく火の多いことだ。野にも山にも、川にも海にも……。どこもかしこも、敵だらけではないか。どうすればよいのだ。」

平家の兵士たちは、あわてふためいて、さわいだ。

しかし、それはかんちがいだった。

このとき、駿河の人々は、いくさをおそれて野山にかくれたり、舟で川や海にひなんしたりしていた。その人たちが、煮たきのために、火を使っていたのだった。

真夜中には、ぬまの水鳥のむれが、何かにおどろき、いっせいにとびたった。その羽音が、平家の兵士たちには、おしよせる軍馬のひづめの音に聞こえた。

「もう、源氏の大軍がせめてきたぞ！　きっと、後ろにも回ってくるだろう。取りかこまれる前に、引きかえそう。」

おじけづいた平家の兵士たちは、先をあらそってにげだした。

よく日の朝、源氏の大軍は、いくさにのぞもうと、富士川におしよせて、*1ときの声を上げた。

「えい、えい、おーっ！」

ところが、平家の方からは、物音一つ聞こえてこない。ふしぎに思った頼朝が、一人の兵士に、ようすを見に行かせると、

「みなにげてしまっています」という知らせが返ってきた。

頼朝は、平家を追いかけて、せめることもできた。けれども、るすにしている自分の*2領地も心配なので、*3相模の国に帰ることにした。

*1ときの声…戦いをいきおいづけるために、みんなでいっしょに声を上げること。　*2領地…自分のものとして持っていて、支配する土地。　*3相模…今の神奈川県。

六　いきおいづく源氏

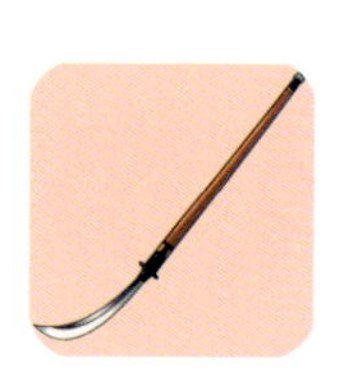

　そのころ、源氏一族には、信濃の国に、木曽義仲という、すぐれた武将がいた。

　義仲は、頼朝のいとこで、二歳のときに父親が死に、*1木曽の中原兼遠の所にあずけられた。そのとき、義仲の母親は兼遠に、

「どうかこの子を、たくましくりっぱな人間に、育ててください。」

と、ないてたのんだ。

　それから二十五年、義仲は、力強く勇気にあふれた、ほかにならぶ者のない武将に成長した。

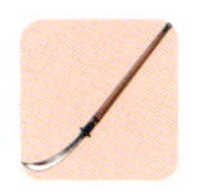

ある日、義仲は兼遠に、

「頼朝は、関東の国々を*2征服して、平家を、追いおとそうとするいきおいらしいな。おれも、早く平家をほろぼしたいもんだ。頼朝と競争だな。」

といった。

「おお、なんとたのもしいことよ。」

兼遠はたいへんよろこび、じゅんびに取りかかった。信濃の国に、平家への反乱をよびかける手紙を回すと、国中の武士たちが義仲の味方になった。

*1木曽…今の、長野県南部の地域。　*2征服…相手を負かして、したがえること。

木曽は、東国にくらべると、ずっと京の都に近い。平家の人々は、義仲の反乱のうわさをつたえ聞いては、不安でおびえるのだった。

一方、京都の*1鞍馬山には、頼朝の弟の義経がいた。義経は、父親の義朝がころされたときに、寺にあずけられた。しかし、僧にはならず、家来の弁慶とともに、体をきたえ、武術をみがく毎日を送っていた。いつ、平家をたおす日が来てもいいように。

この二人が出会ったのは、義経が十九歳、弁慶が二十六歳のときだった。

場所は、京都の五条天神。そのころ、弁慶はあばれんぼうだった。「千本の刀を集める」というちかいを立て、道行く武士に*2決闘をいどんでは、刀をうばいとっていた。そして、九百九十九本うばい、あと一本、というときに、義経と出会ったのだった。

「おい、そこのわかいやつ、刀をよこせ。さもなければ、決闘だ。」

すると義経は、ぎゃくに弁慶の刀をうばいとり、三メートルもあるへいに、ひらりととびのった。

そして、うばった刀をふみつけておりまげると、

「ほしければ、くれてやる！」

と、弁慶に投げつけた。

へいからとびおりた義経は、刀をぬかない。

それでも、おそいかかってくる弁慶のこうげきを、ひょいひょいとかわして、さっていった。

＊1鞍馬山…京都市北部の山。　＊2決闘…あらそい事などに決着をつけるため、取りきめた方法で、命をかけて勝負すること。

「なんだ、あのわか者は。」
弁慶は、今まで、だれと戦っても負けたことがなかった。義経にからかわれたようで、気持ちがおさまらなかった。
よく日、清水寺で縁日があった。弁慶は、きのうのわか者も来るのではないかと、*長刀を手に持ち、待ちぶせた。弁慶の予想どおり、義経はやってきて、ふたたび決闘になった。
長刀できりかかる、弁慶。刀をふるう、義経。勝負は、なかなか決着がつかなかったが、とうとう、義経が弁慶に馬乗りになり、組みふせた。

*長刀…長い柄の先に、そりかえった広くて、長い刃をつけた武器。

「どうした、こうさんか。」

「こうさんだ、ゆるしてくれ！　なんて強いんだ。」

「おまえも、なかなか強いぞ。どうだ、わたしの家来になるか。」

「なる！　おれは、弁慶。あんたに一生ついていくよ。」

「わたしは、近い将来、兄、源頼朝を助け、平家と戦う、源義経だ。

おまえもついてこい、弁慶！」

こうして、義経と弁慶は、主人と家来の関係になったのだった。


一一八一年二月。平清盛が、重い病気にかかった。水さえのどを通らず、あまりの高い熱で、体は火のようにあつい。清盛のねどこから十メートル以内は、あつくて近づけないほどだった。

二月四日。

「うう……。思いのこすことは、頼朝のことだけだ。すぐさま頼朝をせめて、首をはね、わしの墓の前においてくれ。それが供養[*1]というものだ。」

といいのこして、清盛は、この世をさった。

清盛が亡くなったので、後白河法皇は、鳥羽から京都にもどった。

そして、河内[*2]の国、四国、九州と、多くの国々が、次々に平家にそむき、源氏になびいて[*3]いった。

＊1供養…死んだ人や仏に、おそなえ物などをしてまつる、仏教の行事。＊2河内…今の大阪府の東部。＊3なびく…ほかの人の考えや、いきおいにしたがう。

七 源平、ついに激突する

あの平清盛が、亡くなった。権力の座をねらい、いよいよ、源氏と平家が、対決するときがせまっていた。

日本国中の武士たちは、どちらに味方すればよいのかと、なりゆきを見守った。

このとき、源氏一族で、もっともいきおいがあるのは、頼朝と義仲だった。平家では、まず、京の近くにいる義仲をせめよう、ということに決めた。

一一八三年四月、清盛の孫、維盛を大将軍にした、平家の十万騎

の兵が、都を出発した。

　*1加賀の国に入ると、七万騎を*2砺波山（倶利伽羅峠）へ、三万騎を*3志保の山へと、軍勢を二手に分けた。

　これを知った義仲は、五万騎の兵をひきいて、加賀へと急いだ。

　五月、砺波山で、源氏と平家、源平の戦いは、はじまった。

　はじまりは、しずかだった。最初に、源氏が十五騎の兵を出して、平家の陣へ、矢を射った。

＊1加賀…今の石川県。　＊2砺波山…富山県と石川県とのさかいにある山。　＊3志保の山…今の石川県中央部にある、宝達山から北を見わたす地域の山々。

「おや、一度にせめてこないのか。」

平家は、ふしぎに思いながら、お返しとばかりに、十五騎で射かえす。

源氏が三十騎出せば、平家も三十騎。五十騎出せば、また五十騎。

こうして[*1]小ぜりあいがつづき、そのうちに、日がくれた。じつは、それが源氏のねらいだったのだ。

この間に、源氏は、平家の陣の後ろにも、兵を動かし、はさみうちにしようと、考えていた。日が落ち暗くなると、前後から、いっせいに、ときの声を上げた。

平家がふりかえると、源氏のしるしの白旗が、[*2]うろこ雲のように、たくさんかかげられている。

「ここは四方が岩山なのに、どうやって源氏は後ろに回ったんだ。」

と、みんな大あわてだ。

あたりはどんどん暗くなり、少し先も見えない。敵は前からも後ろからもせめてくる。あせった平家は、倶利伽羅峠の谷へ馬を下らせ、にげようとした。それも、源氏のねらいどおりなのだった。

谷のそこには、道があるにちがいない。そう思った、平家の騎馬たちは、谷へかけおりた。

親が馬でかけおりれば、その子もおりる。兄がおりれば、弟もつづく。主人がかけおりれば、家来もおりる。

だが、谷のそこには、道などないのだった。

馬には人が、人には馬が落ちて重なり、深い谷を、平家の軍勢七

＊1小ぜりあい…小さな部隊が対立して戦うこと。　＊2うろこ雲…白い小さな雲のかたまりが集まり、魚のうろこのように見える雲。

万騎がうめつくした。

大将軍の維盛は、命からがらにげのびたが、七万騎のうち、生きのこったのは、わずかに二千騎だった。

志保の山でも、戦いがくりひろげられた。いくさのはじめは、平家がまさっていた。ところが、義仲が、二万騎をひきいてかけつけると、たちまち逆転し、平家はやぶれた。この戦いで、清盛の六男、知度がころされてしまった。

十万騎で都を出た平家の軍勢は、この倶利伽羅峠の戦いにやぶれて、にげ帰るときには、二万騎にまでへっていた。

戦乱は、全国にまで広がった。すべては、いきおいにかげりが見えた、平家への反乱だ。

そこで、平家の人たちは、

「各地が、ことごとく平家にそむいていく。今となっては、みな一つに集まり、運命をともにしよう。」

といって、方々へ向かわせていた兵を、都へよびもどした。

七月のある夜、清盛の三男の宗盛は、安徳天皇の母、建礼門院をたずねて、こういった。

「平家は、もう終わりかと思われます。都にとどまっても、つらい思いをするばかりかと。天皇も、法皇も、おつれして、まだ味方ののこる西国へ、にげのびようと考えております。」

これを聞きつけた後白河法皇は、

「そんな所に、わたしは行かんぞ。」

と、その夜のうちに御所をぬけだし、鞍馬に身をかくした。

「それなら、天皇だけでも、おつれしよう。」

よく日の朝、平家は宮中にむかえの牛車を出す。まだおさない安徳天皇は、よくわからないまま、母親とともに牛車に乗った。そして、天皇のしるしとなる「*1八たの鏡」「*2八さかにのまが玉」「*3天のむらくもの剣」の『三種の神器』もいっしょに運びだされた。

平家一門の者は、都をはなれ、前に都のあった*4福原に向かう。ここで宗盛はおもな武士たち数百人をよびあつめて、こういった。

「平家は、今や運もつき、悪いおこないのむくいがやってきた。都

*1八たの鏡…巨大な鏡のこと。*2八さかにのまが玉…美しくかざるための、大きな玉。*3天のむらくもの剣…大蛇退治のとき、尾から出たという剣。草薙剣ともいう。この三種の神器を持つ者が、正しい天皇の証とされている。*4福原…今の、兵庫県神戸市兵庫区あたり。

を出て、さすらう身の上には、何も、たよれるものはない。けれどもこちらには、『三種の神器』をお持ちの天皇がいらっしゃる。野のはて、山のおくまでも、天皇におともしようではないか。

一本の木のかげに宿るのも、同じ流れの水をすくって飲むのも、縁があってのことだ。」

それを聞いた武士たちは、年老いた者もわかい者も、

「日本を出て、外国へでも、いや、雲の上、海のはてまでも、おともしましょう。」

と、口をそろえていった。一晩をすごし、夜が明けると、安徳天皇をはじめ、みんな舟に乗る。

ほんの三か月前には、平家は、義仲軍をせめるために、馬をならべて十万騎で出陣した。それが今日は、西国の海に舟をうかべて、乗る者は、わずかに七千人だった。

やがて平家の舟は、よい関係にあった、*1筑前の国の*2大宰府に着く。ここを、足場にするつもりだ。

*1筑前…今の福岡県。*2太宰府…九州をおさめるためにおかれた役所。

ところが、九州の国々は、ことごとく平家にそむき、上陸をゆるさないだけでなく、今にもせめてこようとする。

ふたたび平家は、舟に乗り、次は四国を目指した。そして、やっとのことで、*1讃岐の国の*2屋島に上陸した。ここに、天皇の住まいなどもたて、なんとか落ちつくことができたのだった。

平家は、屋島にいながら、中国や四国、合わせて十四か国をしたがえた。力をうしないかけていた平家が、息をふきかえした。

後白河法皇は、平家が都をはなれると、すぐに、鞍馬から都にもどった。そのときに、木曽義仲が五万騎で法皇を守り、そのまま京の都を支配した。

しかし、義仲の世間でのうわさは、よくなかった。二歳から木曽の山里で育ったので、言葉はあらあらしく、礼儀作法も知らない。大将がそういう調子だから、家来のなかには、らんぼう者が多かった。家におしいり、財産をうばう。勝手に田の稲をかって、馬のえさにする。他人のくらをぶちあけて、なかの物をぬすむ。人の物をうばいとる。着ている物をはぎとる。

「平家が都にいたときは、ただ、なんとなくおそろしかっただけだ。着ている物を、はぎとられることなど、なかったのに。」

「平家のときより、都は、かえって悪くなってしまった。」

と、人々は口々にいった。

このころ、*3鎌倉にいる頼朝は、後白河法皇に、*4征夷大将軍に任命

*1讃岐…今の香川県。　*2屋島…今の、香川県高松市北部にある半島。　*3鎌倉…今の、神奈川県南部の市。　*4…征夷大将軍…八八一年につくられた役職で、反乱を起こした者をおさめる、臨時の将軍のよび名のこと。

されていた。
都からは、義仲の悪いうわさが聞こえてくる。頼朝は、義仲のらんぼうをしずめようと、弟の範頼・義経を都に向かわせた。同じ源氏の義仲を、せめようというのだ。
だが、義仲は、あくまでも強気だった。
「おれは、今まで何度も戦ってきたが、敵に後ろを見せたことは一度もねえんだ。たとえ相手が頼朝だろうと、こうさんなどするもんか。りっぱに戦え、

者ども！」

と、*1あらくれ者ぞろいの兵士たちに向かって、大声をはりあげるのだった。

そのうえ、この間戦ったばかりの平家に使者を送り、

「都へお上りください。いっしょに、頼朝をせめようではないか。」

という相談までした。

もちろん、平家はことわった。

こうして、平家は西国に、頼朝は東国に、義仲は都に勢力を持って、*2三つどもえとなった。

*1あらくれ…気があらいこと。らんぼうなこと。＊2三つどもえ…三つのものが、入りみだれてあらそうこと。

八　宇治川の先陣あらそい

一一八四年一月、義仲のもとに、悪い知らせがとどく。

「おつたえします。頼朝が、義仲さまをころすために、範頼と義経を大将にして、東国から数万騎の兵を、送りだしたとのこと。しかも、もう京都の東の国まで、せまっております！」

おどろいた義仲は、あわてて*1宇治川、*2瀬田川にかかる橋をこわした。通れなくして、時間をかせぎ、戦いのじゅんびをするためだ。

合わせて千六百騎の兵のうち、五百騎を宇治橋へ、八百騎を瀬田橋へ、三百騎をそのほかの、三つに分けた。

対する、頼朝が送った軍勢は、合わせて六万騎だった。敵の正面からせめる、「大手」の大将軍は、範頼。三万五千騎で、*3近江の国へ向かった。

敵の後ろからせめる、「からめ手」の大将軍は、義経。二万五千騎で歩みを進め、ついに、宇治橋のたもとにおしよせた。

ところが、橋はこわされ、川のそこには、たくさんのくいが打ちこまれている。さらに、そのくいには、つなが、はりめぐらされている。人も馬も、わたってこられないように、義仲の軍が、しかけをしたのだ。

山の雪、谷の氷がとけて、川は、水かさもふえている。水面には、波が立ち、水の流れも速い。

*1宇治川…京都府南部を流れる川。　*2瀬田川…滋賀県の琵琶湖の南のはしから流れる川。　*3近江…今の滋賀県。

「どうしようか。ほかへ回るべきか、流れが弱まるのを、待つべきか……。」

義経がまよっていると、

「わたしが、わたってみせましょう。」

「いや、わたしが！」

と、二人の武士が進みでた。

一人は、梶原景季。もう一人は、佐々木高綱。二人は今、だれよりも早く向こう岸へわたりきり、敵陣への一番乗りをはたそうとしているのだ。それは「先陣」といって、武士にとって、とくべつに名誉*1なことなのだ。

二人とも、馬に乗ったまま、川へ入る。

はじめは、梶原が、一歩先に出た。しかし、後ろから佐々木に、こういわれたのだ。

「梶原どの、馬の*2腹帯がゆるんでいますぞ！」

「何？　それはあぶない、あぶない。」

*1名誉…ほこり高いこと。かがやかしいこと。　*2腹帯…馬具の一つ。くらを馬の背中で動かないようにするための道具。

梶原が、帯をしめなおしているうちに、佐々木が前に出た。

「佐々木どの。手がらをあせって、しっぱいなさるなよ。水のそこには、つながありますぞ。」

今度は、梶原が注意するが、佐々木は少しもあわてない。刀をぬき、馬の足に引っかかったつなを、ぷつりぷつりと、切りはなす。乗っている馬は、日本一といわれた名馬だ。

速い流れを、ものともせず、一直線にずんずんわたり、向こう岸に、ざばっと上がる。

梶原の乗る馬は、おしながされながら進み、ずっとおくれて、岸に上がった。

ちょうどそのときだ。佐々木が、馬上ですっくと立ちあがり、敵

に向かって、大声で名乗りを上げた。

「この、佐々木高綱が、宇治川の先陣だ！　われこそは、と思う者は、この高綱と勝負しろ！」

これを見た義経の軍勢は、あとにつづいて次々に川をわたった。

義仲の軍勢は、宇治川でも瀬田川でも負け、千六百騎あった兵は、ころされたりにげたりして、ほぼ全めつしてしまった。

今や義仲は、もっとも信用する家来と二人きり。

「このおれも、ここまでか。さあ、どうやって死のうか。つまらない敵に、ころされるくらいなら、＊自害した方がましだ！」

義仲が、死に場所と決めた松林に、走っていこうとした、そのときだった。

＊自害…自分で自分の体をきずつけて死ぬこと。

一本の矢がとんできて、義仲の顔を射ぬいた。きずは深く、うつぶせにたおれたところを、ころされてしまった。

義仲の首を取ったのは、源氏の、名もない武士だった。

九 一の谷の合戦

いきおいを取りもどした平家は、前の年の冬ごろから、京に近い福原にうつりすんでいた。

福原の西にある、*1一の谷に*2城郭をかまえ、東にある、生田の森を正面の城門とした。領地にこもる軍勢は、十万騎あまり。

一の谷の地形は、北は山で、南は海。入り口はせまく、おくは広い。東や西からの、敵のこうげきをふせぐため、平家は、北の山ぎわから、南の海の*3遠浅の所までは、城郭をはさむように、大石をつみあげ、大木をならべた。さらに、海の深い所には、たくさんの大

*1一の谷…神戸市須磨区南部のあたりにある谷。　*2城郭…敵からのこうげきをふせぐために、城のまわりにつくったかこい。かべ。　*3遠浅…海や川の岸から、遠くの方まで水のあさいこと。

舟をならべて、海からもせめられないようにした。

城の正面の矢倉には、四国・九州から集めたつわ者どもが、よろいかぶとに身をつつみ、弓矢を持って、ずらっとならんだ。矢倉の下には、出陣のじゅんびを整えた馬を、何列にもならべた。

城の高い所には、平家のしるしである、赤旗をたくさん立てた。旗は、風にふかれてひるがえり、まるで、ほのおがめらめらと、もえあがるように見えた。

源氏を、むかえるじゅんびは、整った。

一一八四年一月二十九日、源氏の範頼・義経は、後白河法皇をたずねて、平家といくさをすることを知らせた。

するとそのとき、法皇は二人に、

「わが国には、大昔から天皇家につたわる『三種の神器』がある。しかし、今、それらは、平家の手の中だ。十分に注意して、無事に、都に持ちかえるように。」

と、命じた。

『三種の神器』は、正しい天皇のしるしとなる、宝物だ。後白河法皇は、これを手に入れて、安徳天皇の代わりに、新しい天皇を立てようと、もくろんで[*3]いるのだった。

源平の取り決めで、いくさは二月七日、一の谷の東西の城門ではじめることに決まった。

けれども源氏の軍は、二手に分かれ、二月四日に都を出発した。

＊1矢倉…武器を入れておく倉庫。矢の倉。　＊2つわ者…強い者。　＊3もくろむ…前もって計画をすること。

敵の正面をこうげきする軍の大将軍は、範頼で、兵の数は五万騎。そして、敵の後ろをせめる軍の大将軍は、義経。一万の兵をひきいた。むかえる平家の大将軍は、清盛の孫の資盛。三千騎の兵が、*1三草山の西のふもとに、陣取った。

源平ともに、三日後の一の谷のいくさまで、待ちきれない。

四日の夜、義経は、みんなに意見をきいた。

「今夜、三草山にいる平家を、*2夜討ちにすべきか。明日まで待って、合戦にすべきか。どう思う。」

「明日にのばせば、平家の軍勢は、さらにふえるでしょう。今、平家の軍は三千騎。わが軍は一万騎。はるかに、わが軍が有利です。夜討ちがよいと思います。」

＊1三草山…今の大阪府と兵庫県のさかいにある山。＊2夜討ち…夜、ふいに敵をせめること。

一人の兵士がこういうと、みんながさんせいした。しかし、一つ大きな問題があった。
「夜討ちはいいが、あたりは、こんなに暗いぞ。真っ暗ななか、どうやって進めばよいのか」
このとき、義経が名案を思いついた。

「弁慶、たいまつを持ってこい！　近くの家々に、火をつけよ。」*1

義経の命令で、野にも山にも、草にも木にも火をつけたので、あたりは、昼にも負けない明るさになった。

その中を、兵は山をこえ、道のりを進んだ。

そのころ平家の資盛の陣では、夜討ちにされるとは知らず、明日の合戦にそなえて、みんなぐっすりねむっていた。

そこに、義経がひきいる一万騎の兵がおしよせ、どっと、ときの声を上げたので、平家の兵は、あわてふためいた。あわてすぎて、弓を取った者は、矢がどこにあるかわからない。矢を取った者は、弓の場所がわからない。

平家は、あっという間に、五百騎以上がころされてしまった。

戦うどころではなく、資盛たちは、舟に乗って、そのまま屋島へにげた。

源氏の範頼の兵は、だんだんと、生田の森に近づく。

一方、三草山の戦いに勝った義経は、六日の明け方、一万騎の兵を、二手に分けた。七千騎を、西側から一の谷へ進ませた。義経は、のこりの三千騎をひきいて、一の谷の後方にある山、*2鵯越に向かった。後ろから敵をせめようというわけだ。

しかし、鵯越は、馬で下るのは、不可能といわれる山だ。

「だれか、この山にくわしい者は、いないか。」

と、みんなでいいあううちに、日がくれた。するとよく日、弁慶が

*1たいまつ…松の油の多い部分や、竹、イネ科の葦などをたばねて火をつけ、明かりにしたもの。　*2鵯越…兵庫県神戸市の、六甲山地にある山。

一人の老人を、義経の前につれてきた。

「おまえは、何者だ。」

「わたしは、この山の、*りょうしでございます。」

「では、土地のようすは知っているな。」

「もちろんです。」

「この山から、一の谷へ馬で下ろうと思うが、どうだろうか。」

「それは、ぜったいに無理でしょう。切りたったがけに、ごつごつした大岩もあり、この谷は、人の通れるような所ではありません。まして、馬に乗ってなど……。」

「……。では、鹿は通るのか。」

「鹿ですか。鹿は、通りますが。」

「ならば、馬が通れぬことがあるか。すぐに、道案内をしろ！」
そこで、年老いたりょうしに代わり、その息子が道案内として、義経たちをつれていくことになった。

*りょうし…山野で、鳥やけものをとらえる仕事をしている人。

二月七日早朝、いよいよ、一の谷の合戦がはじまった。

平家の大将軍は、屋島ににげた資盛に代わり、清盛のおいの、教経がつとめた。生田の森でも、一の谷でも、両軍が入りみだれて、はげしい戦いとなった。

名乗りを上げ、大声でさけぶ声は、山にひびきわたり、馬がかけまわる音は、かみなりのようにとどろく。たがいに射る矢は、雨のようにとびかう。

馬をならべて組みあえば、ともに馬から落ちる。さしちがえてともに死ぬ者もあれば、一方が敵を組みふせて、首をきる者もある。きった数だけ、きられる者もある。

源氏が、一の谷の正面だけから、せめているうちは、どちらもい

い勝負をしていた。だが、そこへ義経たちが、後ろからせめこもうとしていた。

鵯越に登った義経は、切りたったがけを、先頭きってかけおりた。

「やってやれないことは、ない！　この義経を、手本にせよ！」

「おお！」

「義経さまに、つづけー。」

まず、三十騎ほどが義経の後につづくと、大軍が、ぞくぞくとかけおりる。後ろの馬が、前の馬にぶつかるほどの、いきおいだ。

がけの斜面を、ざざっと二百メートルほど下ると、平らな場所に出て、軍勢は、いったん馬の歩みを止めた。そこから下を見ると、ほとんど垂直のがけだ。とうてい、先へ進めるようには、見えない

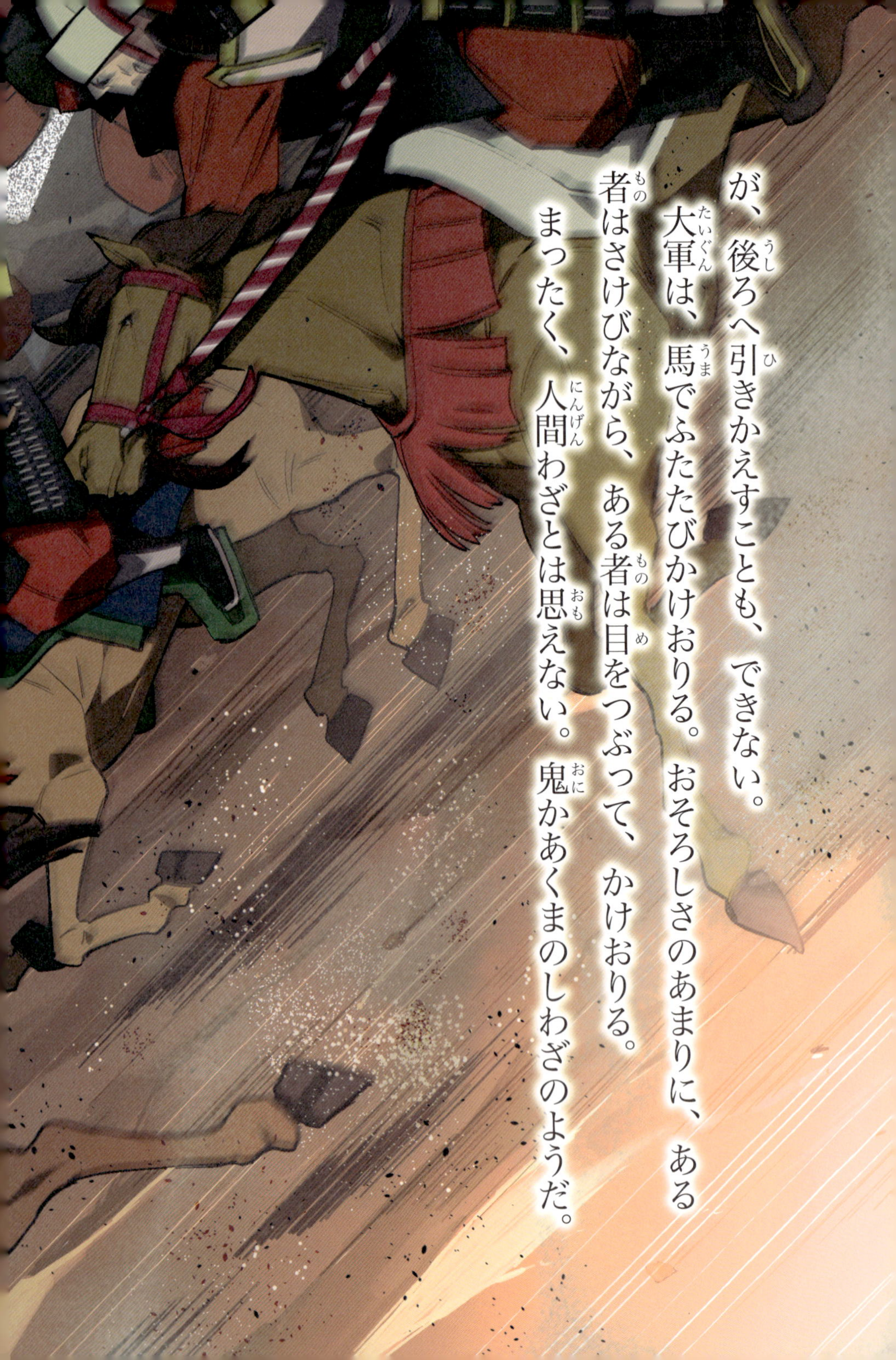

が、後ろへ引きかえすことも、できない。
大軍は、馬でふたたびかけおりる。おそろしさのあまりに、ある者はさけびながら、ある者は目をつぶって、かけおりる。
まったく、人間わざとは思えない。鬼かあくまのしわざのようだ。

全軍がおりきると、どっと、ときの声を上げる。兵は三千騎だが、声が、山にこだまして大きくなり、平家の軍勢には、十万騎の声にも聞こえた。

義経の軍は、火をはなち、平家の建物をやきはらう。風が強く、黒いけむりがおしよせるので、平家の兵士たちは、あわてふためいて、海の方へとにげた。

水ぎわには、舟が何そうもじゅんびしてあったが、一度に全員が、乗りきれるわけがない。

よろいかぶとを、身につけた者たちが、先をあらそって、一そうの舟に、四、五百人も乗りこんだものだから、たちまち三そうの大舟がしずんだ。

それからは、身分の高い者だけを乗せ、ひくい者は乗せないことにしたが、みんな命がけなので、必死に舟にしがみつこうとした。一の谷の合戦は、二時間ほどもつづいた。源平ともに、多くの兵が死んだ。

戦場には、人と馬の死体が、山のように、おりかさなった。一の谷の緑のささの原が、人と馬の血で、うす紅色にかわってしまった。

やぶれた者たち

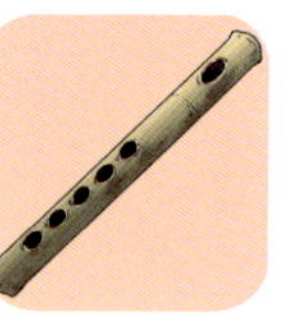

この合戦で、多くの平家のすぐれた武将が、命を落とした。

そのうちの一人が、清盛の弟、忠度だ。合戦にやぶれたので、百騎ほどの兵とともににげたが、少しもあわてず、ときどき馬を休ませながら、ゆっくりにげていた。

そのようすを見て、ふしぎに思った源氏の武士が、忠度に近づき、声をかけた。

「あなたは、どういうお方ですか。お名乗りください。」

「わたしたちは、味方であるぞ。」

と忠度はこたえるが、その歯は、黒くそめられていた。

「源氏には、＊歯を黒くそめる者は、いません。あなたは、平家一門の、高貴なお方ですね。お命、ちょうだいします！」

源氏の武士はそういうと、忠度に馬をならべ、とびかかった。

忠度の味方の武士たちは、それを見ていたが、だれも助けようとはしなかった。

＊歯を黒くそめる…お歯黒のこと。当時、貴族の男性が歯を黒くそめていた。ここでは、その習慣を平家の身分の高い武将がまねをしていた。

よその国から集めた兵士ばかりなので、われ先にと、にげていった。

忠度は、それでも、少しもあわてず、

「にくいやつめ。わたしが、味方だというのだから、そうしておけばよいものを。」

といい、すばやく刀をぬいて、源氏の武士にきりつけた。

武士が、馬から落ちたところを組みふせ、忠度は首をきろうとする。ところが、源氏のべつの武士がかけつけ、忠度の右うでを、刀できりおとしてしまった。

「もはや、これまでか……。[*1]念仏を、十度となえたいから、しばらくどいてくれ。」

忠度は、のこった左手で、組みふせた武士を引っつかんで、ぶんっと、二メートルほど投げのけた。そして、念仏[*1]をとなえはじめた。

しかし、源氏の武士はがまんできず、忠度が、最後の十度目をいおえる前に、後ろから、首をきってしまった。

「首を取ったぞ！　これは名のある武士に、ちがいない！」

源氏の武士は、りっぱな武将の首を取ったと思うが、それがだれだか、わからなかった。

しかし、紙が、えびら[*2]に、むすびつけられているのに気づいた。

その紙を、ほどいて見てみると、「旅宿の花」という題の、一首の和歌[*3]が、書いてあった。

＊1念仏…仏を心に思いうかべたり、その名をとなえること。＊2えびら…矢を入れて、こしやかたにつける武具。＊3和歌…和歌のなかでも、五・七・五・七・七の五句、三十一音からできている短歌のこと。

行きくれて　木のしたかげを　宿とせば
花やこよいの　主ならまし
忠度

〈旅のとちゅうで、日がくれて、桜の木かげを宿とするなら、
桜の花が今夜の主人となって、もてなしてくれるのだろうか〉

この和歌から、平家の大将軍、忠度とわかったのだった。

清盛のおいの、敦盛も、一の谷の合戦で、命を落とした。敦盛は、合戦にやぶれたので、おきにうかぶ助け舟を目指し、海に馬を乗りいれた。そこを、源氏の兵の、熊谷直実に見つかった。

「そこに、おいでになるあなたは、平家の大将軍とお見受けする。

敵に後ろを見せるとは、ひきょうですぞ。おもどりなさい！」

それを耳にし、敦盛は、馬を引きかえす。波打ちぎわに、上がろうとするところに、熊谷は馬をならべ、にげないように、とらえようとする。二人は同時に、馬から落ちた。

熊谷は、敦盛を組みふせ、首をきろうと、かぶとをはずした。

その顔を見て、熊谷はおどろいた。

なんと、十六、七歳のわか者ではないか。そのうえ、うす化粧をし、たいへん美しい顔立ちをしている。

（わが子とかわらない年の、わか武者だったとは……。）

熊谷は、どこに、刀をさしたらよいのかも、わからなくなってしまった。

「あなたは、どういうお方ですか。お名乗りください。わたしめが、お助けしましょう。」

熊谷がこういうと、敦盛は、ぎゃくに、

「おまえは、だれだ。」

と、ききかえした。

「たいした者ではありませんが、*武蔵の国の、熊谷直実と申す。」

「それなら、おまえに対して、名乗るひつようはない。だが、おまえのためには、よい敵だぞ。首を取って、人にきいてみろ。見知っ

ている者も、いるだろう。」

敦盛は、今さら敵に助けられようとは、まったく思っていない。

熊谷は、うんうんと、なやみ、苦しんだ。

（わかいのに、なんとりっぱな大将軍だ。わたしは、わが子が軽いきずを負ったときさえ、つらかった。この方の父上が、息子がころされたと聞いたら、どんなになげかれることだろう。

もう勝負はついている。この方お一人をころしても、いくさの勝ち負けはかわらない。ああ、お助けしたい……。）

しかし、熊谷がふりかえると、五十騎ほどの源氏の味方がやってくる。

「わがほうの兵が、大勢、間近にせまっています。決して、にげら

＊武蔵…今の東京都と埼玉県と神奈川県の一部にあたる。

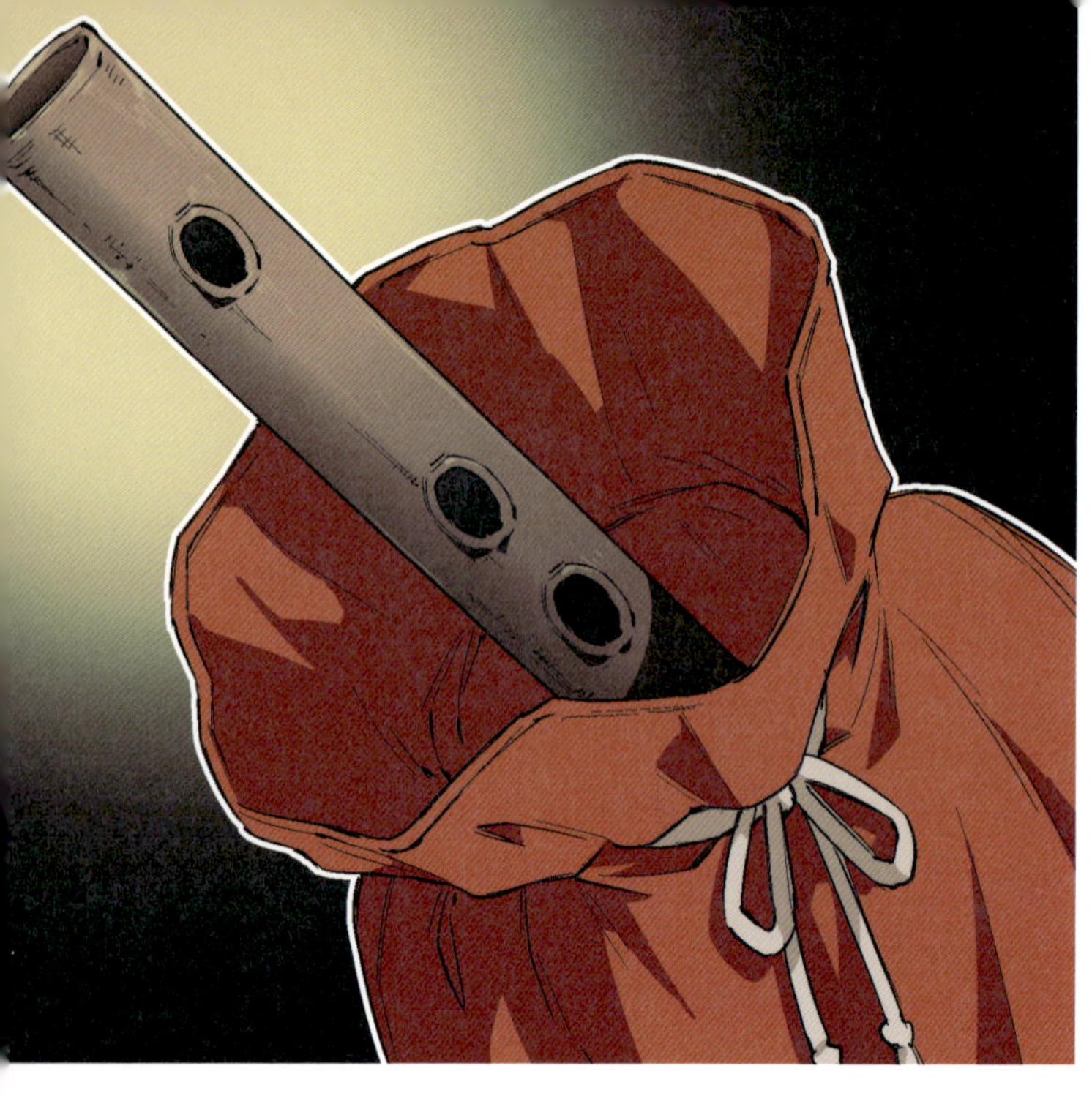

れないでしょう。この直実の手でお命ちょうだいして、後のご供[*1]養をいたしましょう。」

なみだをこらえて、熊谷はいうが、

敦盛はただ、

「早く、首を取れ。」

というばかりだ。

熊谷は、なくなく首をきった。

ふと、こしのところを見ると、ふくろがある。

ふくろの中身は、笛だった。

(味方の東国の兵は、何万騎もある

けれど、戦場に笛を持っていく者は、一人もいないだろう。やはり身分の高い、高貴なお方だったにちがいない。）

そう思った熊谷は、陣に帰り、義経に、このわか武者の話をして、笛を見せた。すると、義経もまわりの者もみんな、なみだを流さずにはいられなかった。

熊谷は、後に、このわか武者は、清盛のおいの敦盛で、まだ十七歳だったことを知ったのだった。

合戦にやぶれた平家の人々は、安徳天皇をふくめ、舟に乗って海に出た。その心のなかは、悲しみでいっぱいだった。

＊2潮の流れ、風向きのままに、東へ進む舟もある。海岸ぞいに、西

＊1供養…死んだ人や仏に、おそなえ物をささげ成仏をいのること。　＊2潮…みちたり、引いたりする海の水。

へ進む舟もある。なかには、行き先を決められず、一の谷のおきで、うろうろしている舟もあった。けれども、その後、平家の人々は、ふたたび讃岐の国の屋島に集まったのだった。

生田の森で戦っていた清盛の五男、重衡は、源氏に生けどりにされ、京に送られた。

京につれてこられた重衡は、町中を引きまわされて、さらし者にされた。その後は、ろうや代わりの*お堂に入れられてしまった。

すると、重衡の所に、法皇からの使いがやってきた。

「屋島へ帰りたいなら、平家一門に、『三種の神器』を都へ返せ、とつたえよ。そうしたら、そなたを帰してやろう。」

と、使いは法皇の言葉をつたえた。

「屋島の平家につたえてはみますが、たとえ千人の重衡の命と引きかえにでも、『三種の神器』を返そうとは、平家の者は、だれもいわないでしょう。」

と、重衡はこたえた。

やがて、法皇の命令をつたえる手紙が、屋島の平家にとどけられた。手紙には、こう書かれていた。

「安徳天皇とともに、『三種の神器』が南海・四国に持ちだされて、数年がたつ。これは、朝廷のなげきのたねであり、国がほろびる、もととなる。

とらえられている平重衡どのは、反乱をくわだてた者である。とうぜん、死罪になるべきだが、『三種の神器』を、こちらに返

＊お堂…神や仏をまつった建物。

すのならば、重衡どのをゆるすことにする。」

平家では、よく話しあったすえ、法皇の命令にしたがわないことにし、

「わが主君、安徳天皇は、ずっと、よい政治をおこなっておられます。ところが、関東などの武士どもが、むれをなして都に乱入したため、一時的な、ひなん生活をされているのです。京に、おもどりになるのではなくて、『三種の神器』を、天皇のお体からおはなしすることはできません。」

と、平家をひきいていた宗盛が、返事の手紙を書いた。

十一 屋島の合戦

屋島に帰ってからも、平家にとっては、不安な日々がつづいた。東国から、新しく数万騎の兵が都に着いて、四国にせめてくるらしい。九州からも、平家に反感を持つ勢力がせめてくる。

そういった悪いうわさを聞くたびに、平家の人々は、おそれおののくばかりだった。

そんななか、一一八四年七月に、後鳥羽天皇が新しい天皇の位についた。『三種の神器』がそろわずに、*1即位がおこなわれたのは、天皇八十二代の歴史のなかで、はじめての出来事だった。

その年の九月、源範頼が、三万騎の軍勢をひきいて、平家をほろぼすために、西国へ出発した。

一方、平家は、資盛を大将軍にし、五百そうの軍船で出発し、源平二つの兵は、備前の国藤戸にたどりついた。藤戸は、海に面している。

源氏は陸に、平家は海に舟をならべてかまえた。源平の陣の間は、海をへだてて、五百メートルほど。源氏の大軍は、海のせいで舟に

近づけないので、向かいの山にとどまった。

気のはやる平家のわか者たちが、小舟に乗って陸の源氏に近づき、

「こっちにわたってこい！」

と、さそいかけるが、せめてはいかない。

しかし、ある夜、源氏の一人の武将が、海の地元の男にたずね、馬でわたれる浅瀬[*2]があることを、こっそりききだした。そして、それを、まわりに知らせず、自分だけのひみつにしておいた。

よく朝、また、平家のわか者が、小舟に乗って源氏に近づき、

「わたれるものなら、こっちにわたってこい！」

と、けしかけた。

＊1即位…天皇の位につくこと。　＊2浅瀬…海や川のあさい所。

すると、浅瀬のことを知っている源氏の武将は、すかさず家来の七騎を引きつれて、ざざっと海に馬を乗りいれた。それを見た範頼は、大あわてでさけぶ。

「だれか、あいつを止めろ！」

ところが、八騎が、見事にわたりきってしまったのを、見るやいなや、今度は、

「なんと、海は浅いぞ！　みなの者、わたれや、わたれ！」

と、命令した。

源氏の三万騎の大軍勢が、海に馬を乗りいれて、わたる。

平家は、あわてて舟を岸からはなし、舟の上から、これでもかと矢を射る。

源氏のつわ者どもは、これをものともせず、首をすくめて、矢をふせぎながら、平家の舟に乗りうつって戦う。

一日中戦いがつづいたが、勝負がつかず、夜をむかえ、おたがいに兵を引いた。

その後、範頼がせめようとしなかったので、勝負はつかなかった。

そこで頼朝は、いくさがうまい義経に、平家が*拠点をおく屋島を、せめるように命じた。


*拠点……いろいろな活動の、よりどころとなる場所。

年が明けて一一八五年二月。義経は、都を出発し、[*1]摂津の国の港に着く。ここで、大船団を整え、屋島へおしよせよう、というのだ。ところが、舟がそろい、出発しようとしたときだった。北風がはげしくふいて、大波が起こり、多くの舟がいたんでしまった。

これでは船出ができない。

「そういえば、われわれは、海のいくさというものを、やったことがないぞ。どうすればよいのか。」

と、みんなで話していた。すると、梶原景時がいった。

「舟の[*2]かじを、船首にも取りつけたらどうでしょう。」

「かじを、船首につける？」

義経がきくと、梶原は説明した。

「馬は、左へも右へも、かんたんに走らせることができます。ところが、舟は、すばやく動かすことはできません。

そこで、ふつうは後ろだけにあるかじを、前にもつけて、前にも、後ろにも、かんたんに動かせるようにするのです。そうすれば、せめられてあぶないときも、すぐに、後ろへ引くことができましょう。」

これを聞いた義経が、

「はじめから、にげる用意をしてどうする！　みなの舟の船首には、かじを取りつけるがよい。わたしは、このままの舟で行くぞ。」

と、頭ごなしにいったので、梶原はむっとし、思わずいいかえす。

「よい大将軍というものは、進むべきところは進み、引くべきとこ

＊1摂津…今の大阪府北中部の大半と、兵庫県南東部にあたる地域。　＊2かじ…船の後ろについている、方向を調節するもの。

ろは引いて、味方の安全をたもちながら、敵をほろぼすものです。進む一方なのは、*1猪武者といって、りっぱとはいえません。」

すかさず、義経もいいかえす。

「猪だか、何だか知らないが、いくさは、ただひたすらに、せめて、せめて、勝った方が、気持ちがいい、というものだ。」

二人のようすを見ていた武士たちは、こそこそと、いいあった。

「義経さまと梶原どのは、なかが、あまりよくないようだ。」

「いつか、大将軍と梶原どのとで、仲間われが起こりそうだなあ。」


その夜は、とても強い風がふき、海は大いにあれていた。追い風だが、とても、舟を出せるようすではない。

「義経さま、こんなあら波に、舟を出すのは、むちゃでございます。」

＊2船頭や、舟の＊3こぎ手がおびえるなか、義経は船頭、こぎ手をおどして、昼に修理したばかりの舟を出させた。

「これほど重大なときに、しかも追い風なのに風が強すぎるといって、ためらう者があるか！　平家も、まさかこの風で、源氏がせめてくるとは思ってもいないだろう。行くぞ！」

しかし、二百そうあまりある舟のう

＊1猪武者…考えもせず、がむしゃらにとっしんする武士。　＊2船頭…船をあやつる指図をする人。　＊3こぎ手…船をこぐ人。

ち、義経にしたがったのは、たったの五そうだった。

五そうは、夜どおし海を走り、追い風のおかげで、ふつうは三日かかるところを、わずか六時間足らずでわたった。

早朝には、*1阿波の地に着いていた。

五そうの舟には、合わせて五十頭しか、馬を乗せられなかった。義経は、その五十騎をひきいた。そして、海辺にいた、平家方の百騎ほどの者たちをけちらし、そのうち三十騎を味方に引きいれた。合わせて八十騎となった義経の一軍は、夜どおし山をこえ、讃岐の国に入った。

昼ごろ、義経は、讃岐の高松にたどりつくと、家々に火をつけて、屋島の平家の城へと、せめよせた。

十一　屋島の合戦

平家の城の兵たちは、

「高松で、火事だぞ！」

「敵が、火をつけたにちがいない。きっと大軍だ。取りかこまれる前に、早く舟にうつって、海へにげよう。」

といって、大あわてで、われもわれもと、舟に乗りこむ。

平家の舟が、百メートルほど、こいだところで、よろいかぶとを身につけた源氏の武士たちが、海辺にすがたをあらわした。

[*2]かすみが立ちこめるなかから、源氏のしるしの、白旗をさしあげたので、平家の目には、大軍に見えた。

義経は、人数が少ないことを、平家に知られないよう、まずは五、六騎、次は七、八騎、その次は十騎、というように、かすみの中か

＊1阿波…今の徳島県。　＊2かすみ…朝、または夕方、山のふもとなどをおおう、雲のようなもの。

ら、少しずつ数をふやして、すがたをあらわさせた。

そして、自分がすがたを見せると、平家の舟の方をにらみつけて、名乗った。

「後白河法皇の使い、源義経なるぞ！」

いくさのはじまりだ。

そのころ、人のいなくなった平家の城は、あちこちに火をはなたれ、一しゅんのうちに、やけおちていた。

それを見た平家の頭の宗盛は、武士たちをよんで、たずねた。

「源氏の軍勢は、どれくらい、いるのだ。」

「見たところ、わずか七、八十騎でしょう。」

「それなら、源氏を取りかこんで、せめればよかった。あわてて舟に乗り、城をやかれるとは……。」

気づいたときには、もうおそかった。

阿波や讃岐のあちこちで、平家にそむいた者たちが、十騎、二十騎と、ぞくぞくと源氏の兵にくわわった。義経の軍勢は、たちまち三百騎にふえた。

十二　おうぎのまと

戦いはつづいたが、日がくれてきたので、浜にいる源氏の兵たちは、今日のいくさは終わりだと、引きあげようとした。

そのときだ。おきの方から、りっぱにかざった、一そうの小舟が、浜に向かってこぎよせてくるではないか。

海辺まで七、八十メートルまで近づいたところで、小舟は横に向きをかえる。すると、舟のなかから、十八、九歳の、たいへん美しい女房[*1]が、あらわれた。

女房は、さおの先に、真ん中に、金の日の丸をえがいた、紅のお

うぎをつけて、舟のへ先[*2]に立てた。そして、陸へ向かって手まねきをしている。

「あの、おうぎを、まとに見立てて、射ぬいてみよ、ということだな。味方にだれか、あれを射ることのできる者は、いるか。」

義経が、まわりの者たちにたずねると、源氏の武士の一人、那須与一の名前が上がった。

「与一は、鳥が三羽とんでおりましたら、かならず、二羽は射おとします。それほどの弓のうでまえです。」

「それでは、その者に射させよう。ここによべ！」

えらばれた与一は、二十歳のわか者。背には、黒白まだら[*3]の矢と、鹿の角をつけた、[*4]かぶら矢をさしている。

＊1女房…宮中や身分の高い人に仕えた女性。　＊2へ先…船の先の所。船首。　＊3まだら…ちがった色や、こい色とうすい色が、あちらこちらにまじっていること。　＊4かぶら矢…矢の先とやじりとの間につけて、射たときに鳴るようなそうちをしかけた矢。敵をおどすことができる。

「与一、あのおうぎの真ん中を射て、平家に見せつけてやれ。」

義経に命じられた与一は、馬に乗って、波打ちぎわへ進み、十メートルほど海へ乗りいれた。それでも、まとまでのきょりは、七十メートルもある。

与一は、考えた。時刻は午後六時ごろ。北風がびゅうびゅうと強くふき、波も高い。小舟は波にゆられて上下に動くので、まとのおうぎも、ひらひらゆれる。

おきでは、平家の者が、舟をならべて見ている。陸では、源氏の者が、馬をならべて見守る。どちらを見ても、だれもが注目する、晴れ舞台だ。

ふと、風が少し弱まった。

与一は、かぶら矢を取って弓につがえ*、よく引きしぼる。

(神さま、どうか、矢が、あのおうぎの真ん中に、当たりますように。)

心のなかでいのり、そして、ひょうとはなった。

*つがえる…矢を弓のつるに当てる。

かぶら矢は、一面にひびくほど、高く鳴りひびき、そして、おうぎのまとを、見事に射た。

かぶら矢は海に落ち、おうぎは空へ高く、まいあがる。しばらく空中を、ひらりひらりとひらめいたが、春風にもまれて、花がちるように、海へ落ちた。

赤い夕日のなか、金の日の丸をえがいた、紅のおうぎが、白波の上で、うきしずみしながら、ゆらゆらゆれる。

おきの平家は、＊1船ばたをたたいて、＊2ほめそやし、陸の源氏は、矢を入れる武具をたたいて、どよめいた。

よく日、夜が明けると、平家の船団は舟をこぎだした。行く先々

＊1船ばた…船のふち。＊2ほめそやす…人々がしきりにほめること。

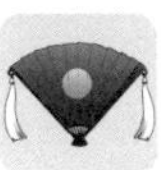

で源氏に追われ、潮に引かれ、風にふかれて、どこを目指すともなく、にげていく。九州にも味方はいない。平家は、今や、＊3成仏できずにさまよう、＊4亡霊のようだった。そして行きついたのは、＊5長門の国だった。

一方、義経は、讃岐の国で阿波教能の兵、三千騎を味方につけた。さらに、摂津の港でわかれた、梶原景時の二百そうの舟も、屋島の海辺に着いた。その後、義経は、範頼の兵と合流した。

さらに、＊6紀伊の国から二百そう、＊7伊予の国から百五十そうの舟がやってきて、どちらも源氏方にくわわった。

このとき、平家の舟が千そうに対し、源氏の舟は、三千そうにまでふくらんでいた。

＊3成仏…仏教で、死んで仏になること。死ぬこと。＊4亡霊…死んだ人のたましい。また、ゆうれい。＊5長門…今の山口県の北部・西部の地域。＊6紀伊…今の和歌山県と三重県の南部の地域。＊7伊予…今の愛媛県。

十三　壇の浦の合戦

一一八五年三月二十四日、長門の国、＊壇の浦のおきで、源氏と平家の最後のいくさがはじまった。海の上で、おたがいに陣を向かいあわせ、

「えい、えい！」

「おーっ！」

と、ときの声を上げる。

清盛の四男、平知盛は、舟の屋根にのぼって立ち、みんなに聞かせるように大声でさけんだ。

「いくさは、今日が最後だ。運がつきればどうにもならない。しかし、名声はうしないたくないものだ。後の世に悪名をのこすな。東国の者に、弱気を見せるな。少しも引こうとは、思うな。何より、このいくさは、われわれがとくいな舟いくさだ。者ども、今こそ、命をおしまず、戦うのだ！」

平家は、千そうの舟を、三つに分ける。まず、第一陣の五百そう。次は、第二陣の三百そう。平家一門の二百そうが、第三陣としてつづく。

第一陣は、弓の名手を五百人えらびだし、舟の前と後ろに一列にならべて、一度に、五百本の矢をはなてるようにした。

＊壇の浦…今の山口県下関市の海岸。

対して、三千そうの源氏は、軍勢の数は多いが、平家が四方八方から弓矢をはなつので、敵がどこにいるかも、わからなかった。

さすがの義経も、あまりの矢の多さに、[*1]たてでもよろいでも、ふせぎきれず、手こずった。

だが、平家にいきおいがあったのは、はじめだけだった。なぜなら、いくさのとちゅうに、[*2]ねがえった者がいたのだ。

それは、阿波重能。重能は、ここ三年間、平家に[*3]忠誠をつくし、合戦でも、平家のために、命をおしまず戦ってきた。ところが、讃岐の国で、息子の教能が、源氏についた。そのため、心がわりし、平家をうらぎり、自分も源氏にねがえったのだ。

重能は、源氏の者に、こうつたえた。

「阿波重能が、申しあげます。平家は、わざと身分や地位の高い者を、*4そまつな*5兵船に乗せ、ひくい者を、ごうかな*6唐船に乗せています。源氏が、平家の大将軍の乗る舟とかんちがいして、唐船をせめたら、それを取りかこんで、せめようという作戦なのです。」

重能のうらぎりによって、平家の作戦は源氏に知られてしまった。源氏は、唐船には目もくれず、大将軍の乗る兵船を、まちがうことなく、せめた。

そして、四国・九州の兵士たちが、みんな平家をうらぎり、源氏についた。ついさっきまで、平家にしたがっていた者たちが、主人に向かって刀をぬき、弓を引く。

平家の舟は、あちらの岸によろうとすると、波が高くて、舟がつ

*1たて…敵の矢、やり、つるぎなどをふせぐ道具。 *2ねがえる…味方をうらぎって、敵の方につくこと。 *3忠誠…一生けん命に仕えること。 *4そまつ…りっぱでない、みすぼらしいようす。 *5兵船…いくさに用いる船。 *6唐船…ここでは、中国の様式でつくった船。

けられず、こちらの浜に上がろうとすると、敵が矢をそろえ、待ちかまえている。もう、のがれようとしても、にげるところはない。源氏と平家の天下取りのあらそいは、この日を最後に、ついに決着がついた。

平知盛は、小舟に乗ってにげだし、天皇のいる舟にやってきた。

「われわれ平家は、もはやこの地で終わりと思われます。敵にわたしたくない物などは、みな、海におすてください。」

これを聞いて、清盛の妻であった二位の尼は、『三種の神器』のうち、「八さかにのまが玉」をわきにはさみ、「天のむらくもの剣」をこしにさした。そして、孫の安徳天皇をやさしくだいて、船ばたへ歩みでる。

＊１極楽浄土…仏教で、この世でよいことをした人が、死んでから行くと考えられている、苦しみのない世界。＊２伊勢大神宮…三重県伊勢市にある伊勢神宮。

六歳の天皇は、おどろいたようすで、たずねた。

「尼さま、わたしをどこへ、つれていこうというのだ。」

二位の尼は、なみだをこらえながら、安徳天皇を下ろし、しずかに答えた。

「この国は、いやなところです。今から、*1極楽浄土という、よい所へおつれしますよ。まず、東に向かって、*2伊勢大神宮に、さようならをいいなさいませ。そして、極楽浄土のある、西に向かって、お念仏を、おとなえなさいませ。」

おさない天皇は、ぽろぽろとなみだを流しながら、かわいらしい手を合わせて、すなおに東をおがみ、西に向かって念仏をとなえた。二位の尼は、それを待って、ふたたび天皇をだきあげると、

「波の下にも、都はございますよ。」

となぐさめて、安徳天皇をだいたまま、広く深い海のそこへと、身を投げた。

いっしょに海へと落ちた、神器のうち、「八さかにのまが玉」は、後に海にうかんでいるところを発見された。しかし、「天のむらくもの剣」は、海のそこに、しずんだままとなった。

平家の最後だとかくごした、清盛の弟の経盛・教盛兄弟は、体が

うかないように、よろいの上に、舟のいかりをせおい、うでを組んで、海に入った。清盛の孫の資盛・有盛兄弟は、いとこの行盛と、三人でうでを組んで、いっしょに海中にしずんだ。

このように平家の身分の高い人々は、みんな、海へ身を投げた。

けれども、平家の頭の宗盛と息子の清宗だけは、海に入ろうとするようすがない。船ばたに出て、あたりを見わたすばかりだ。

通りがかった武士が、海につき落とすものの、この親子はしずまない。それも、そのはず。よろいの上に、いかりなど重い物をせおい、海に入るからしずむのだ。だが、この親子は、そういうことをせず、しかも泳ぎがとくいなので、いつまでもしずまない。

助かろうか、死のうかと、たがいに目を見合って、泳ぎまわっているところを、源氏の者に引きあげられた。

一の谷の合戦で、大将軍をつとめた教経の弓矢の腕前は、源氏におそれられ、正面から立ち向かう者は、いないほどだった。

だが、今や矢を射つくしてしまった。教経は、*大太刀をさし、大長刀をふりまわしながら、源氏の舟の中をつきすすんだ。

「義経！　源氏の大将、義経はどこだ。勝負しろ！」

教経は、次々と、源氏の舟に乗りうつっては、義経をさがしながら戦う。

（自分をねらっているのだな）と、義経が気づいた、ちょうどそのとき、教経は、義経の乗る舟にたどりついた。

教経は、すぐさま「やあ！」とさけぶと、義経を目がけて、とび

＊大太刀…大きく長い、刀剣のこと。刃を下に向けてこしにつりさげる。

かかる。しかし、義経は、六メートルもはなれた味方の舟に、ひら
りととびうつった。

もちろん、教経には、そんなことはできない。

「わたしも、もはやこれまでか！」

義経との対戦はあきらめ、これ以上戦うこともやめて、持っていた刀と長刀を、海へ投げこみ、かぶとも、ぬいですてた。

たばねていた髪は、ほどけ、両手を広げて、＊1仁王立ちする。近よりがたい、おそろしいすがたで、教経はいった。

「だれか、ここに来て、この教経を生けどりにしろ。鎌倉に行って頼朝に会い、一言、何かいってやろうと思うのだ。

　さあ、だれかよってこい。」

しかし、近よる者は、一人もいない。

ようやく名乗りを上げたのは、＊2土佐の国から来た、力じまんの男。

この男は、同じく力持ちの弟と、一人の家来とともに、教経にいどもうとした。

「どれほど強いといっても、われわれ三人でかかれば、したがえられないわけがない。」

三人は、いっせいに刀をぬいて、かまえた。

しかし、教経は、少しもあわてず、真っ先にきりかかってきた家来の者を、海へ、どぶんとけりおとした。つづいて、一人をつかまえて、左わきに、もう一人もつかまえ、右わきにはさむ。

そして、ぐっと一回強くしめ、

「さあ、おまえたち、今から旅のともをせよ！」

というと、二人を両わきにはさんで、道づれにして、海へさっと身

＊1仁王立ち…仁王の像のように、力強く、どうどうとしたすがたで立つ。　＊2土佐…今の高知県。

を投げた。
教経の最期を見とどけた知盛は、重しのためのよろいを、さらに一まい重ねると、いちばんそばで仕えた家来と、二人でうでを組んで、海に身を投げた。

ほかの二十人あまりの家来たちも、主人につづけと、手に手を組んで、海にしずんでいった。

あたりの海には、平家のしるしの赤旗が、たくさん投げすてられていた。

そのようすは、まるで、嵐(あらし)にふきちらされて、川面(かわも)にうかぶ、もみじのようだった。

このいくさで生(い)きのこった平家(へいけ)の武将(ぶしょう)は、宗盛(むねもり)と清宗(きよむね)の親子(おやこ)だけだった。

十四 義経と頼朝

義経の活やくで、平家がほろび、都にも平和がもどってきた。

人々は、

「義経さまほど、りっぱな方はいない。」

「鎌倉にいる頼朝は、このいくさでいったい、何をしたというのか。」

と、いいあった。

そういう評判を耳にした頼朝は、いかりをこめて、こういった。

「世間は、何もわかっていない。わたしがよく考えて、ひつような
ときに、ひつような兵を、動かしたから、平家をほろぼせたのだ。

いくさ上手の義経だけで、どうして世をしずめることが、できるだろう。

なのに、義経は、人にほめられ、いい気になって、天下を取ったつもりなのではないか。」

頼朝の性格は、うたぐり深く、なかなか人を信用しなかった。

それは、兄弟に対しても、同じだった。力をつけた義経が、自分の地位を、おびやかすのではないかと、うたがったのだ。しかし、弟の義経には、そんな気持ちは、さらさらなかった。

そのうち、壇の浦で生けどりにされた平宗盛が、義経につれられ、鎌倉の頼朝のもとへ、送られることになった。

ところが、義経が鎌倉に着く前に、すでに梶原景時が、頼朝の所に来ていた。「舟のかじを船首に取りつける」ことで、義経と対立した人だ。そして梶原は、頼朝が、めずらしく信らいしている家来だった。梶原は、

「日本国には、今や、頼朝どのの敵はおりません。ただし、近い将来、弟の義経どのが、最後の敵になるかと思われます。そのわけは……。」

と、義経が、どんなに思いあがっているかと、つげぐちをしたのだ。頼朝は、梶原のいうことを信じてしまった。あのとき、梶原にうらまれ、にくまれてしまったのが、義経の不運だった。

けっきょく、宗盛は、鎌倉の近くで引きわたされたのだが、義経は、兄の頼朝に、会ってもらえなかった。

（兄上は、どうしてわたしと、会ってくださらないのだろう……。）

義経には、気がかりだった。

その後も、頼朝のうたがいは、ます一方だった。

（義経を、このままにしておくのはきけんだ。力をつけたら、きっといつか、わたしに、はむかうにちがいない。その前に、なんとかせねば。）

ついに頼朝は、義経をころせとい

う、兵を送る命令を出した。

一一八五年十一月、身近な家来とともに、都を出た義経は、各地を転々としたのち、*1奥州に落ちついた。この地方を支配する藤原氏の当主、秀衡は、義経をたいへん気に入り、*2かくまってくれたのだ。

ところが、一一八九年に、その秀衡が、重い病気になってしまう。

秀衡は、息子たちに、

「わたしが死んだら、頼朝は、義経どのをころせと、命じてくるにちがいない。だが、決して聞き入れてはならぬ。義経どのを大将軍として、国を守り、おさめなさい。」

といい、息を引きとった。しかし、息子たちはそう思わなかった。

「今に、頼朝が奥州をせめに来る！　その前に、義経をどうにかしないと。」

藤原氏は、頼朝をおそれて、秀衡の遺言*3にそむき、五百騎の兵で、義経をおそった。義経の家来は、弁慶をふくめ、わずか十騎ほどなので、勝ち目はない。弁慶が、敵のこうげきをふせいでいる間に、義経は自害した。

それでも、頼朝は、手をゆるめなかった。義経をかくまっていた、藤原氏をゆるさず、奥州にせめいり、藤原氏もほろぼしてしまった。こうして奥州を支配した頼朝は、全国の武士をおさめ、天下を統一したのだった。

平家とことなり、天皇のいる都からはなれて政治の中心となる幕*4府をおくという、あらたな武士の時代のはじまりであった。（おわり）

*1奥州…今の、福島・宮城・岩手・青森の四県と、秋田県の一部の地域。*2かくまう…おわれている人などをそっとかくすこと。*3遺言…死ぬときに、いいのこすこと。また、その言葉。*4幕府…武士の時代に、国をおさめるため、将軍が政治をおこなった役所。

さかえてほろびた、平家の物語

文・弦川琢司

『平家物語』は、今から八百年ほど前の、鎌倉時代の前期に書かれました。名前のとおり、平家がさかえ、やがておちぶれ、そしてほろびるまでを、くわしくえがいた物語です。

作者はもともと、この物語を、読ませるためではなく、聞かせるために書きました。琵琶法師が話をおぼえ、弦楽器の琵琶の音にのせて、人々に語って聞かせたのです。琵琶法師は、目の見えないおぼうさんです。だから、耳で聞いておぼえやすいように、とてもリズミカルな文になっています。

また、聞く人々が、思わず物語の世界に引きこまれてしまうような、くふうがいっぱいです。ときには調子よく、ときには大げさに、ときには人の会話をまぜてみたり。当時の人々はきっと、琵琶法師の語りに、わくわくしたり、はらはらしたり、感動したりしたことでしょう。

それは、今、わたしたちが文字で読んでも同じです。

じつは、『平家物語』はとても長い話で、この本では、ほんの一部しか、取りあげられませんでした。たしかに、話の中心は、合戦の場面です。しかし、話は、横道にそれてはまた元にもどり、進んでいきます。その横道の話も、またおもしろいのです。そこには、女性も、主人公として、多く登場します。

みなさんが中学生、高校生になったとき、長い『平家物語』を読んでみてください。いっしょに、原文がのっている本がいいですね。

訳文でも、むずかしい言葉が、たくさん出てくるかもしれません。でも、それはひとまずほうっておいて、先に読みすすんでください。すると、だんだんおもしろくなってくるはずです。そして、おもしろかったところの原文を読んでみれば、そのリズムの心地よさに、きっと感心することでしょう。

声に出して読んでみよう！

平家物語

左は、「平家物語」始まりの原文（現代文にしていない、元の文）だよ。今わたしたちが使う日本語と、にているところもあるね。声に出して、言葉のリズムやひびきを楽しんでみよう。

原文

祇園精舎の鐘の声、
諸行無常の響きあり。
沙羅双樹の花の色、
盛者必衰の理をあらはす。

どんな意味？

祇園精舎の鐘の音は、諸行無常の響きをたてる。おしゃかさまが死んだときに、白色に変わったという沙羅双樹の花の色は、いきおいのさかんな者も、かならずおとろえる、という道理を表している。

日本の名作にふれてみませんか

監修 元梅花女子大学専任教授　加藤康子

人は話がすき

人は話がすきです。うれしかった、悲しかったなど、心が動いたときに、その気持ちをだれかに話したくなりませんか。わくわくしている人の話を聞きたくなりませんか。どの地域でも、どの時代でも、人は話がすきです。文章で書き記し、多くの人々が夢中になって、受けついできた話が「名作」です。人々の心を動かしてきた日本の「名作」の物語をあなたにおとどけします。

「名作」の力

「名作」には内容にも言葉にも力があります。一人で読むと、想像が広がり、物語の世界を体験したような思いがして、心が動きます。

さらに、読む年れいによって、いろいろな感想や意見が生まれます。小学生のときにふしぎだったことが、経験をつんで大人になるとなっとくでき、新しい考え方をすることがあります。

「名作」の物語の世界は、読む人の中で、広く深く長く生きつづけるのです。

「名作」は宝物

今、あなたは日本の「名作」と出会ったことでしょう。このシリーズでは、みなさんが楽しめるように、文章やさし絵などを工夫しています。ページをめくって、作品にふれてみてください。

そして、年を重ねてから読みかえしてみてください。できれば、原作の文章や文字づかいにも挑戦してください。この「名作」は、あなたの一生の宝物です。

文　**弦川琢司**（つるかわ　たくじ）

三重県四日市市生まれ。東京都世田谷区在住。著書に『超訳日本の古典７平家物語』『時代を切り開いた世界の１０人レジェンド・ストーリー第２期第５巻 西岡常一』（ともに学研）など。また「鶴川たくじ」で『都道府県かるた』（学研）なども手がける。

絵　**夏生**（なつお）

イラストレーター。ソーシャルカードゲームや、書籍でのイラスト・キャラクターデザイン、小説のカバーイラストなどを手がける。代表作に『デジタルで描く！「刀剣＋ポーズ」イラスト真剣講座』（SBクリエイティブ）などがある。

監修　**加藤康子**（かとう　やすこ）

愛知県生まれ。東京学芸大学大学院（国語教育・古典文学専攻）修士課程修了。中学・高校の国語教員を経て、梅花女子大学で教員として近代以前の日本児童文学などを担当。その後、東海大学などで、日本近世文学を中心に授業を行う。

地図・絵図／入澤宣幸　写真提供／龍谷大学図書館

10歳までに読みたい日本名作6巻

平家物語

2017年９月12日　第１刷発行
2024年10月15日　第10刷発行

文／弦川琢司
絵／夏生
監修／加藤康子

装幀・デザイン／石井真由美（It design）
本文デザイン／ダイアートプランニング
　　　　　　　大場由紀

発行人／土屋徹
編集人／芳賀靖彦
企画編集／岡澤あやこ　松山明代
編集協力／勝家順子　上埜真紀子　宮澤恵
ＤＴＰ／株式会社アド・クレール
発行所／株式会社Gakken
〒141-8416 東京都品川区西五反田2-11-8
印刷所／株式会社広済堂ネクスト

この本に関する各種お問い合わせ先
●本の内容については、下記サイトのお問い合わせフォームよりお願いします。
https://www.corp-gakken.co.jp/contact/
●在庫については　Tel 03-6431-1197（販売部）
●不良品（落丁、乱丁）については　Tel 0570-000577
学研業務センター
〒354-0045　埼玉県入間郡三芳町上富279-1
●上記以外のお問い合わせは
Tel 0570-056-710（学研グループ総合案内）

NDC913　154P　21cm

物語を読んで、
想像のつばさを
大きく羽ばたかせよう！
読書の幅を
どんどん広げよう！

シリーズキャラクター
「名作くん」

また、あおう!

物語ナビ
八百年ほど前に、くりひろげられた
合戦と、戦った人たちの物語
「平家物語」は、平安時代の終わりごろからさかえた武士、平家一族と源氏一族が、
権力をあらそって戦った物語。
おもな登場人物
おたがいにライバル!
源氏
源頼朝
おさないときに平清盛にとらえられるが、平重盛により、生きのびる。後に、源氏一族の頭になる。
いとこ
いとこ
兄弟
源義経
頼朝の弟。戦いにすぐれている武将で、頼朝に、平家とのいくさをまかされる。

文／弦川琢司
絵／夏生

Gakken

「平家物語」
はじまるよ♪